THE MONSTER IN THE MATTRESS
and Other Stories

DIANE DE ANDA

Spanish translation by
Josué Gutiérrez-González

PIÑATA
BOOKS

PIÑATA BOOKS
ARTE PÚBLICO PRESS
HOUSTON, TEXAS

The Monster in the Mattress and Other Stories/El monstruo en el colchón y otros cuentos is funded by grants from the City of Houston through the Houston Arts Alliance.

Piñata Books are full of surprises!

Piñata Books
An imprint of
Arte Público Press
University of Houston
452 Cullen Performance Hall
Houston, Texas 77204-2004

Cover design by Mora Des!gn
Cover and inside illustrations by Jaime Molina

de Anda, Diane
The Monster in the Mattress and Other Stories / by Diane de Anda; Spanish translation by Josué Gutiérrez-González = El monstruo en el colchón y otros cuentos / por Diane de Anda ; traducción al español de Josué Gutiérrez-González.
    v. cm.
    Summary: Presents six stories of children and their families facing everyday mysteries.
    Contents: Mario, the Magnificent = Mario, el Magnífico—Abuela's Mystery: Footprints in the Flour = El misterioso caso de las extrañas huellas en la harina de Abuela—The Monster in the Mattress = El monstruo en el colchón—Mystery Mouse = El misterio del ratón—The Witch on the Wall = La bruja en la pared—Counting Kittens = Contando gatitos.
    ISBN 978-1-55885-693-6 (alk. paper)
    1. Children's stories, American. [1. Family life—Fiction. 2. Hispanic Americans—Fiction. 3. Mystery and detective stories. 4. Short stories. 5. Spanish language materials—Bilingual.] I. Gutiérrez-González, Josué. II. Title. III. Title: Monstruo en el colchón y otros cuentos.
    PZ73.D3863 2011
    [E]—dc22   2010054220
                                                    CIP

Printed in the United States of America
April 2011–June 2011
Versa Press, Inc., East Peoria, IL
12 11 10 9 8 7 6 5 4 3 2 1

*To all those who enjoy
the little mysteries
in everyday life*

Table of Contents

Mario, the Magnificent

BUMP, BUMP, BUMP. BUMP, BUMP, BUMP. Anita looked away from the TV to see what was making all the noise. Coming down the stairs toward the front room was her older brother Mario dragging their grandfather's old wooden trunk. BUMP, BUMP, BUMP. He bounced it down one stair at a time.

"Mario, why are you making so much noise? I can't even hear the TV," Anita complained.

"I can't help it. The trunk's too heavy to carry," he replied.

"What are you doing with Abuelo's trunk anyway?" asked Anita. "Does Dad know you have it?"

"Sure, he gave it to me. It's going to be my magician's trunk. See? I even made a sign and nailed it on the front." Mario had reached the bottom of the staircase, and Anita could now read the sign clearly. In big red letters outlined

1

in black were just three words: Mario, the Magnificent. Anita read the sign and rolled her eyes.

"I needed to bring it down for the show tonight," Mario added.

"What show?" asked Anita, suddenly interested in what Mario was doing.

"I'm putting on my first magic show for the family tonight after dinner, right here in the front room." Ten-year-old Mario stood tall, smiled and took a bow, bending low and straight from the waist.

"Oh, great," replied Anita sounding very bored. She was tired of hearing Mario talk about magic. He had been doing that for days, since their mom and dad took him to the magic store last week and let him buy all kinds of magic tricks for his birthday present.

"Would you like to be my magician's assistant?" Mario asked his seven-year-old sister.

Anita suddenly felt more interested. "What does a magician's assistant do?"

"She helps with lots of the tricks. You'll even get to lock me in handcuffs behind my back," Mario replied.

Anita smiled. It sounded like the perfect job.

"There's just one more thing. Pinky has to help with the show too," added Mario.

"How can Pinky help? She's just a little hamster," said a confused Anita.

"You'll see. She'll be the grand finale, which means 'the big ending.' She'll be part of the best trick of all."

Now Anita began to feel excited. "Okay, we'll do it," she said. Then they shook hands just like they saw people do on TV when they made an important deal.

That night after dinner, Mario and Anita worked together to set up the magic show for their parents and their little brother and sister. They moved the trunk in front of the sofa and cleared everything off the coffee table so Mario, the Magnificent could use it for his tricks. Pinky was in her small cage on an end table. Then Mario put on a cape made out of shiny black material on the outside. He had practiced bowing, spreading his arms out wide so you could see the shiny red material on the inside of the cape. Anita put on a small gold crown she had worn on Halloween so she would look special, too.

Mario called Anita over to show her how to lock the handcuffs.

"You just slip them over my hands and then close them like this," he said, giving them a snap. "Then you pull on them to show that they're tight, and I can't get out. And then like Houdini, I'll say the magic words and break them open!"

"Who, who whaty?" repeated Anita.

"Houdini. He was the greatest magician ever. He could escape from handcuffs, and chains, and all kinds of traps."

Just then their parents came into the room with their brother and sister.

"My assistant will help you to your seats," announced Mario, and Anita walked over and led them to the couch.

When Anita came back to Mario, he whispered, "Okay, you announce me."

Anita stepped in front of the couch and opened the show in a loud voice. "And now, ladies and gentlemen, Mario, the Magnificent!"

Anita stepped aside and Mario stood in the middle of the room, bowing his head and raising his arms so the red shone in the lamp-light.

Anita handed Mario a deck of cards. He mixed them up and then spread them out in his hand like a fan. "Pick one," he told his mom, and she pulled a card out of the deck. "Okay, after you've looked at it, put it back into the deck."

His mom slid the card back in, and Mario mixed the cards around again.

Then he smiled and pulled a card out of the deck. "Is this your card?" he asked.

"Why, yes!" said his mother in a surprised voice, and everyone on the couch clapped.

"Now, who has a penny they can lend me?" asked Mario, the Magnificent.

His dad pulled out a penny.

"Okay, put the penny in the slot," said Mario as he slipped open a small, thin wooden box that had a hole just the size of the penny. Once the penny was in the slot, he slid the box closed again. Anita handed him his long black wand with the silver tip. "Penny, penny, disappear," he chanted and tapped the box twice. Then he slid the box open again, and to everyone's surprise, the penny was gone.

"Oooh," cried his little brother and sister.

"Now, watch," said Mario, the Magnificent as he slid the box closed again and tapped it with his magic wand. "Penny, penny, reappear," he sang, closing his eyes. "Ta-da!" he said and quickly slid the box open. There, magically, was the penny again.

"Yay, yay!" shouted his little brother and sister, and everyone on the couch clapped as hard as they could.

Mario, the Magnificent amazed his audience by pulling a long, long silky scarf out of his sleeve and by making a bouquet of paper flowers disappear. He made his brother and sister giggle when he pulled quarters out from behind their ears. Each time, the audience on the couch clapped and cheered. And each time, Mario took a bow, spreading his arms and his shiny cape.

"Now, ladies and gentlemen, my assistant will lock me in handcuffs. And before your very eyes, I will escape." Mario nodded his head toward Anita and turned his back to the couch. In front of everyone, she slid the handcuffs onto his wrists. Then she snapped them shut and gave them a good tug to show everyone that they were locked and on tight. Mario turned around and faced the couch. "Count to three," he told his parents and little brother and sister.

"One, two, three," they counted out loud. On the count of three, Mario shook his arms and hands and yelled, "Ta-da!" as he pulled his arms forward and showed everyone the open hand-cuffs he held in his hands.

His little brother and sister bounced up and down on the couch as they clapped.

"And now, for the finale," announced Mario. He bent down and took a black box out of the trunk and put it on the coffee table. Anita lifted Pinky out of the cage and stood next to Mario.

"First, I want you all to see that this box is empty and made of solid wood." He opened the lid and showed everyone the empty space inside. He tapped it all around with his wand to show that it was made of hard wood. Then he placed it back on the table. He reached out, and Anita put Pinky in his hand.

"I will put Pinky safely into the box," he said as he gently placed the hamster in the box and closed the lid. "Now I will make her disappear." And he tapped the back of the box with the magic wand.

Anita gasped. Mario had never told her that he was going to make her hamster disappear. So when he opened the lid, and Pinky was gone, she looked very upset while everyone else clapped.

"And now I will bring Pinky back," announced Mario, the Magnificent. He tapped the box with his magic wand, flipped open the lid and shouted, "Ta-da!" But the box was still empty.

"Where's Pinky? Where's Pinky?" cried Anita, biting back tears.

"It's okay. It's okay. I just have to tap my magic wand a little harder to get her back. Don't worry," he said as he tapped the box three times, making a loud clacking noise. But when he opened the lid again, the box was still empty.

Anita began to cry. "You never liked Pinky," she yelled at Mario. "You always called her Stinky Pinky."

Her mother came over and put an arm around her. Their dad walked over to the coffee table to look at the black box.

"Son," he said to Mario, "show me how the trick box works so we can figure out what happened to Pinky."

"How Pinky disappeared is a mystery. A magician never reveals his secrets," answered Mario.

"Well, you're a crummy magician, and that's no secret now!" Anita shouted as she continued to cry.

"Mario, I think you can solve this mystery," said his mom.

Mario was worried about Pinky, too, so he pushed the button on the back of the box and the bottom opened up. There was the hidden space where Pinky was supposed to be.

Mario's father looked into the box. "I see what happened," he said. "The box is really made for a magician's rabbit. It has an open space along the side to let in air. Hamsters can squeeze out of any space. They just squash themselves flat like a little rug. Pinky had just enough time to squeeze out of the box before you opened the lid again."

"Does that mean she really didn't disappear?" asked Anita.

"That's right, *mija*. It means that the next part of the show is a hamster hunt. Okay, everyone on your hands and knees."

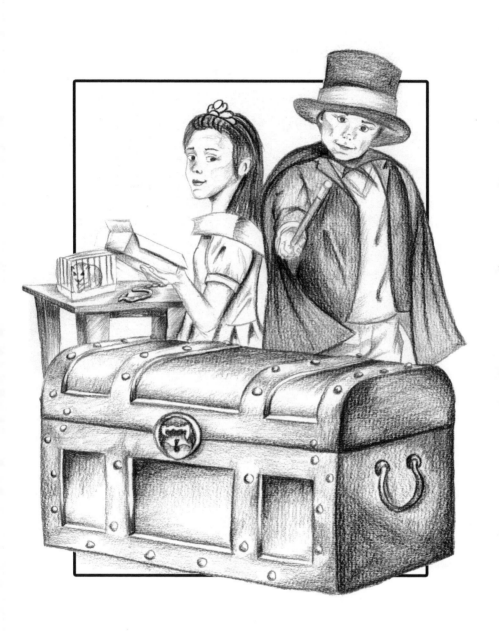

And so the whole family crawled on the floor together. They looked under tables and chairs, under the couch, behind the curtains.

"I found her. I found her!" cried Anita. Pinky was sitting in the magazine box happily chewing the paper and making confetti. Anita picked her up, gave her a quick cuddle and petted her soft, pinkish-colored fur.

"I'm sorry I got you all upset, Anita. And I'm sorry I ruined the whole show for everyone," Mario apologized.

"Oh, no," said his brother. "The hamster hunt was the most fun of all."

Anita smiled again for the first time. "I guess Pinky was just like who . . . who . . . "

"Houdini," finished Mario. "Yeah, I guess she's the real magician. She disappeared and played the biggest trick of all."

Abuela's Mystery Footprints in the Flour

Abuela cleared the counter and set out all the things she would need to make the cake for Abuelo's birthday tomorrow. There were milk, eggs and butter still cold from the refrigerator. There was vanilla for flavor and a small red-and-white can of baking powder. But the most important ingredient was the white, silky flour she used for baking special treats. She popped open the silver flour tin. Just as she was about to reach in with her measuring cup, she saw them again. Right in the middle of the smooth white powder were two dents.

"Antonio, come here quick," she called.

"What's wrong?" answered Abuelo as he hurried into the kitchen.

"They're back! Here, come and look for yourself," said Abuela.

Abuelo looked over Abuela's shoulder. "You're right. Looks like someone's been walking in your flour again and left their footprints behind," he chuckled.

Abuela didn't laugh. She just shook her head.

"I don't understand it. No one else uses the flour but me. And I make sure the flour is all smooth and even when I put it away."

Abuela lifted up the can and looked underneath to see if there were any bumps in the bottom that might explain the mysterious dents. But the bottom of the can was perfectly straight.

"It doesn't make sense," Abuela continued. "Most of the time, the flour is completely smooth on top, and other times it has these strange little dents."

"Maybe it has something to do with the weather. If it's too hot or too cold or too wet on certain days," Abuelo suggested.

"I don't think so," replied Abuela. "The lid on the can is too tight. No air gets in it at all."

"Then it's a mystery to me, too," said Abuelo with a shrug as he left the room.

Abuela put her finger in each of the dents and pushed down hard to see if there was anything stuck underneath. But all she felt was the cool, soft flour. She pulled out two ghost-white fingers and decided Abuelo was right. The footprints in the flour would have to stay a mystery, because she had a cake to bake.

Abuela was too busy the next day to think about the strange dents in the flour. It was a warm spring day, so she set up tables and chairs in the patio for a birthday lunch in the fresh outdoor air. When the guests arrived, she was busy with grandchildren to hug and presents with brightly colored paper and ribbons to stack under the Happy Birthday balloons. And then there was the food to set out. She had made all of Abuelo's favorites. There was the chilled bowl of bright green guacamole and tortilla chips for scooping. She slid the beans she had fried crisp with *chorizo* from the cast-iron pan onto a big platter next to the tray of enchiladas decorated with round, black olives. Abuela always made plump enchiladas, *gordas* she called them, so the warm yellow cheese oozed out across the red sauce and black olives. And there was a tray of chicken legs, covered with crunchy, golden bread crumbs. The fruit salad had bright orange and green melon balls and plump purple grapes.

Abuela had forgotten all about the dents in the flour. She was too happy watching her family enjoy the meal she had made for them.

"Go and play for awhile," she told the grandchildren after everyone was done eating. "We'll

have the cake and ice cream in a little while." The grown-ups drank coffee and laughed and talked while the children played in the big back lawn and chased each other in and out of the house.

After a while, Abuela called to Abuelo, "Why don't you go and round up the children while we bring out the cake and ice cream."

Abuelo walked out into the far corner of the yard where all the children were huddled together on their knees.

"What are you all doing?" asked Abuelo.

"We're having frog races," answered seven-year-old Frankie.

Abuelo looked down and saw two little frogs lined up next to each other on the grass. But he had never seen frogs like these before. They were completely white.

"Where did you ever find white frogs?" asked Abuelo.

"They're not really white, Abuelo," answered Gloria. "But we can't see them very well on the grass when they're green. So when we find frogs, we take them into the kitchen and dip them in Abuela's flour tin until they're nice and white. Then it's real easy to see them hopping on the green grass."

Abuelo began to laugh. He laughed so hard he bent over and held his stomach.

"What's so funny?" asked Tommy, with a puzzled look on his face.

"Nothing, nothing. I've just solved a mystery, that's all." Abuelo replied.

"Come on, children. We're lighting the candles on the cake," called Abuela.

Right in the center of the table sat the big, round birthday cake with thick chocolate frosting and rows and rows of candles.

"Yay," yelled the children as they ran to the table and forgot all about the frogs.

By the time Abuelo reached the table all the candles were lit.

"Make a wish, make a wish," the children cried.

"I wish for many more birthdays with my family all around me." He stopped for a moment. "And many more of Abuela's *very special* birthday cakes." Then he grinned at Abuela and blew out the candles.

The Monster in the Mattress

I t was two days before Halloween, and seven-year-old Rudi and his nine-year-old brother Tony had spent the week making their room look creepy and spooky. They had taped cardboard vampires and monsters with green faces on the walls. They had hooked the strings attached to rubber bats to the tops of their lamps and the mirror above their dresser. A fake furry spider with glowing red eyes crawled across the floor when they clapped their hands. Rubber snakes curled around the wood on the back of their desk chairs. A big glow-in-the-dark plastic skeleton covered the front of their door and greeted them with a grin when they entered the room. Casper, the friendly ghost, floated in mid-air from the ceiling light in the middle of the room where their dad had attached it.

Rudi thought it would have been too spooky to sleep with a ghost in the room until he saw it was Casper. Some of the other things were a little scary, too, but his older brother thought they were great, and he didn't want to let Tony know that he was afraid.

"Tony's brave," thought Rudi. "He lets me keep the nightlight by my bed, because he doesn't need it. Someday I want to be brave like him."

To get in the Halloween mood, after dinner Tony read some ghost stories out loud. They were mostly stories about funny ghosts who did silly things because their parents did not want them to have bad dreams. But the stories still made Rudi ask his dad to check under the beds before they went to sleep.

"There's nothing here but a dirty sock and some dust bunnies," called their dad as he bent down and looked under Rudi's bed. "Hmm, that's strange," he said as he peered under Tony's bed. "There's a tiny pile of sawdust under the bed. I wonder where that came from. Did you boys have any toys that were filled with sawdust or use your tools on some wood?"

"No, Dad, I don't know how that got there," answered Tony. Rudi shook his head and gave a little shrug.

"Well, unless we have some pretty hungry termites, this is a mystery to me, too," said Dad. He stood up and patted his pants legs. "Well, go ahead and brush your teeth, and your mom and

I will be in to say goodnight when you're done. By the way, did you feed Joey tonight?"

"I fed him just before dinner," answered Tony. He had filled the food dish with pellets for the big white rabbit that lived in a cage in the den next to their room.

Tony went into the bathroom first, and Rudi changed into his blue-and-white striped pajamas while he waited his turn. Just as he was buttoning the last button on the pajama top, he heard some strange noises coming from Tony's bed. BOING, BOING, like springs bouncing and them BAM, BAM, BAM as the bed began to shake.

"A ghost, a ghost! Tony, hurry there's a ghost jumping up and down on your bed!" cried Rudi.

Tony ran into the bedroom, toothpaste dripping down the side of his mouth. But by the time he got there, all the noises and the shaking had stopped.

"What are you talking about?" mumbled Tony through a mouthful of liquid toothpaste.

"Your bed, your bed, the ghost made it bounce up and down and go BAM, BAM, BAM!" shouted Rudi, his eyes wide, his voice cracking. "I saw it. I saw it. I did," he repeated.

"What did the ghost look like?" asked Tony.

"Well, you know," replied Rudi. "Uh, you can't really see ghosts. They're invisible. But I saw it make the bed go up and down. I really did."

"Sure, sure," said Tony as he walked back into the bathroom.

Rudi didn't say anything anymore, but he didn't want to stay in the bedroom alone so he joined his brother at the bathroom sink to brush his teeth, too.

They didn't talk about the ghost, and they didn't tell their parents when they came in to kiss them goodnight. Rudi looked at the little nightlight on the wall near his bed and then turned on the lamp on the table next to his bed. Tony didn't say anything about the lamp. He just turned and faced the wall so the light wouldn't keep him awake.

Tony fell asleep right away, but it took Rudi a while before he could fall asleep. He kept listening for noises and looking around the room to see if anything was moving.

By ten o'clock, the boys had been asleep for about an hour. Tony couldn't hear the BOING sounds in his sleep, but he began to toss and turn. Suddenly, there was a loud BAM, BAM, BAM, and his mattress shook him awake. He sat straight up and felt the mattress moving under him.

"Ah, ah, aaah," he shouted, as he bolted out of bed and jumped right into his little brother's bed. This startled Rudi, and he began to shout, too.

"Ah, ah, aaah," they crowed together.

Since their parents were still up, they heard their cries and ran into the room. They flipped on the light and saw the two boys huddled together watching the bed shaking up and down.

"What in the world?" remarked their mother. "Boys, quick get out of the room."

The boys bolted out the door and peeked in behind their parents.

"See, I told you there was a ghost. I told you! I told you!" Rudi kept repeating.

"I'm sure it's no ghost, but we'd better check this out carefully," replied their dad. He picked up Tony's baseball bat from behind the door and slowly lifted up the foot of Tony's bed. The boys and their mom held their breath.

When it was lifted halfway up, they could all see a hole had been eaten through the soft material that covered the box spring, and one of the boards had a small half circle chewed into it.

"It's a monster with big sharp teeth," cried Tony.

"It's a dangerous wild animal," gasped their mom.

"I'm ready," called their dad as he lifted the bat higher.

And just then Joey popped his head out of the hole. He didn't notice everyone's startled faces. He just pushed through the hole, leaped onto

the floor and hopped by everyone to get a drink of water in his cage. He was still drinking from his hanging bottle when the family entered the den a few minutes later, laughing and pointing at him. Tony picked up the lock he had forgotten to put back to keep Joey from popping open the cage door with his big round head. He looped it through the bars and snapped it shut.

"There," said their mother. "Now you can get a good night's sleep." And she scooted them into their bedroom.

Tony climbed into his bed and pulled the blankets over his head. Rudi looked at the lump that was his big brother. He remembered the look on Tony's face when he jumped into bed with him. "Maybe today is the day I'm as brave as my brother," he thought. Then he reached across to the lamp by the side of his bed and turned out the light.

Mystery Mouse

"**H**ere's your trouble," said the repairman, pointing to a wire under the dishwasher that was broken in half.

"How did that happen?" replied Mrs. Sánchez in a surprised voice.

"There's only one way," answered the repairman. "You have a mouse in the house."

"Really," said Martina, suddenly interested in what the repairman had to say.

"Sure, we see this all the time," he continued. "When it gets cold outside, mice look for a nice warm place for the night. The dishwasher makes a perfect warm bedroom, especially if you wash dishes after dinner. For some reason, mice and rats like to chew wires, and then we get called in to fix the dishwasher."

"Do you think it's gone now?" asked Mrs. Sánchez hopefully.

"Well, it's not here right now, but your mouse probably moves around, looking for food in your kitchen cupboards," said the repairman.

"Ugh," said Mrs. Sánchez, remembering the little hole she noticed in a package of crackers the other day. "It's not *my* mouse, and it's not welcome in my house."

While her mother paid the repairman, Martina opened cupboards and peeked around dishes and boxes of cereal. When her mother finished, she noticed Martina with her head in the cupboard where she kept all her pans.

"What in the world are you doing with your head in the cupboard, Martina?" she cried.

"Looking for the mouse," Martina replied, popping her head out of the cupboard.

"You'll never find it that way. They hide during the day and come out at night. We'll talk with your dad tonight about what we can do."

Martina was excited. She thought the family was going to talk about the best way to catch the mouse, and then she would put it in a covered terrarium like the one at her school with her classroom's pet white mice.

After dinner Mr. and Mrs. Sánchez, Martina, and her big brother Jess sat on the sofas in the living room to discuss what Mrs. Sánchez called "the mouse problem."

"I have a couple of mousetraps in the garage," suggested Mr. Sánchez. "We can put one in the kitchen and one in the hallway in case it makes a run for it. We'll just need to put some kind of food on it that will make it step on the trap to get it."

"I have some small cubes of cheese left over from the salad," offered Mrs. Sánchez.

"Great, we'll try that first and see what happens," responded Mr. Sánchez.

Martina thought the trap might look like a little box he would go into so she could carry it to the terrarium, so she asked, "Can I have it when you catch it?"

Her parents were so surprised by her question that they didn't even answer her right away. Finally, her mother said, "Martina, I'm sorry, the mousetraps don't really just catch the mouse. I'm afraid they kill the mouse."

Martina gasped, thinking of Franny and Zoey, the two white mice in her classroom, with their soft furry bodies and cute wiggling whiskers.

Her mother knew what she was thinking, and tried to make her understand. "They're not like the mice you have at school. Those are specially raised pet mice, clean and safe for you to handle. This mouse is a wild mouse that can bring bad germs into the house to make us sick."

"Yeah, it's a dirty little thing," added Jess.

"But it doesn't seem fair to kill it just because it's trying to get out of the cold," Martina said in a slow, sad voice.

"Boy, what a softy," Jess said as he left the room to get ready for hockey practice.

That night Mr. Sánchez put out the traps just like he said he would with the cubes of cheese his wife gave him. But when they got up in the morning, the traps and the cheese were exactly the same.

"Maybe it just left," said Martina hopefully.

"I don't think so," said her mother. "I noticed a new hole in the bag of cat food this morning. It just stayed in the laundry room last night and ate cat food."

"I guess I'll add another trap. I'll put one in the laundry room tonight, too," Mr. Sánchez decided. And that night he put even bigger pieces of cheese on all three traps that he thought the mouse would not be able to resist.

When Martina wasn't in the room, Jess asked his father how the traps worked.

"It's easy," said Mr. Sánchez. "If the mouse takes the cheese, it moves a lever that makes this wire snap so hard on him that he dies."

"Oh," was all Jess said.

The next morning Mr. Sánchez woke up feeling that he had caught the mouse for sure. Instead he got a very big surprise. All three traps had snapped shut, but there was no mouse. And, he could hardly believe what he saw. There was no cheese; the cheese was missing from all three.

"I don't believe it. The mouse stole all three pieces of cheese without getting caught. It is some clever mouse," Mr. Sánchez told his family at the breakfast table.

"I read somewhere that they really like peanut butter. It's so sticky that they can't just pick it up and run, so the trap can catch them," said Mrs. Sánchez.

"It doesn't seem fair to trick them like that," interrupted Martina.

"There you go again, softy, softy," teased Jess.

"Leave your sister alone," ordered Mrs. Sánchez. "We have to do this, but it's very hard for her."

"It's just one mouse, and there are millions of them. I don't see what's the big deal," he explained.

"It may not be a big deal to you, but it is to me," said Martina, and she got up from the table and walked out of the room.

That night Mr. Sánchez put a huge spoonful of peanut butter on each trap, then pulled back the spring.

"This should do it," he said proudly as he walked off to bed. But the next morning, each of the traps had been sprung, the peanut butter was gone, and still no mouse.

"This is a real mystery now," declared Mr. Sánchez. "Look, the peanut butter is completely wiped off, which must have taken him a long time, and the trap still didn't catch him. It just doesn't make any sense."

All day long, Mr. Sánchez thought about how he could bait the trap so that the mouse couldn't steal it and get away. That night he took some string and tied a square piece of cheese to each trap. Then he put a big blob of peanut butter over it, so the mouse could not see the string. He didn't tell his family what he had done, as he wanted to make sure it would work first.

Everyone in the Sánchez family was in their beds by ten o'clock. The house was dark and very quiet until midnight. All of a sudden everyone was woken up by a loud sound coming from the hallway: "Ow, ow, ow."

Mr. and Mrs. Sánchez rushed into the hallway and turned on the light. There, in the middle of the hall, stood Jess hopping around yelling: "Ow, ow, ow," and shaking his hand. He had a mousetrap clamped across his fingers.

Mr. Sánchez ran up to his son and lifted the wire latch off his fingers. Jess stopped dancing around and shook his aching fingers.

"Let me see your hand," said his mother. "Can you move your fingers?"

Jess flexed his fingers. "It hurts, but I can move them okay."

"We don't have a mystery mouse, do we, Jess?" his father asked, looking into his son's eyes. "It was you all along, wasn't it?"

"What do you mean?" asked a confused Martina.

"Yes, I've been stealing the bait off the traps each night. I've been using my hockey stick to spring the trap first, but I forgot it tonight in my locker and wasn't fast enough to spring it with my hand."

"Why did you do it?" asked Martina.

"I started thinking about it, and it just seemed like a pretty harsh way for the little guy to go. There's got to be a better way to just catch him and let him go out in the field away from the house."

"Softy," Martina whispered and smiled.

"You just reminded me of something," shouted a very excited Mr. Sánchez. "Let's all go to bed, and I'll show you in the morning."

When Mrs. Sánchez and the children entered the kitchen the next morning, Mr. Sánchez had a surprise waiting for them. On the floor was a long wooden and wire mesh box.

"This is a special mouse and rat trap invented by my grandfather. He was a carpenter and built it himself to keep the rodents out of his lumberyard."

Mrs. Sánchez, Martina and Jess stepped closer.

Mr. Sánchez continued, "It has two little rooms. You put the cheese in the second room. The mouse smells the cheese or other bait and goes into the trap. When he goes into the first room, the door closes behind him. Because it's the only way to go, and it has the food, he enters the second room and that door closes behind him. He is now trapped in the second room and cannot get out. This trap doesn't hurt the mouse, and we can take it out to the field and let him loose."

All the family agreed to the plan and felt very proud that someone in their family had made such a wonderful, clever and, most of all, kind invention. The first night, no one visited the trap. The cheese was still there and the two doors open. But the second morning both doors were shut, and there was a small brown mouse gnawing on the wood trying to get out of the second room.

"Hooray for Grandpa," shouted Mr. Sánchez when he entered the kitchen. "Since it's Saturday, let's take a nice walk before breakfast and let him go in the grassy field below."

The Sánchez family changed out of their pajamas, put on their warm winter coats and walked with the trap in Mr. Sánchez's hands. When they got to the middle of the field, Mr. Sánchez turned to Martina and handed her the trap very gently so he wouldn't scare the little mouse.

"Okay," he said. "Martina, would you like to open the doors and set the little guy free?"

"Thanks, Dad," she replied, "but I think the Big Softy should do it." And then she turned and handed the trap and the lucky little mouse to her brother.

The Witch on the Wall

I t all started the night Silvia had a nightmare that woke her up in the middle of the night. Just as the witch was about to catch her in her dream, she sat straight up in her bed, glad to be suddenly awake and safe. But as she rubbed her eyes, she saw the witch's shadow on the wall across from her bed. She knew the witch had followed her out of her dream and into her bedroom.

"Mami, Papi! Mami, Papi!" she began to yell over and over again as loud as she could.

Her cries woke up her parents in the next room. They rushed into her room, flipping on the light switch on the way to her bed. Her mother put her arms around Silvia, whispering "Sh, sh, sh, sh," to try and calm her.

Her father reached out and stroked her hair. "What's the matter, *mija*?" he said with a worried look in his eyes.

"I saw her. I saw her. I did. She followed me—I saw her shadow on the wall," Silvia replied as quickly as she could without taking a breath.

"Who, *mija,* who was she?" asked her mother as she looked into Silvia's eyes.

"The witch! The witch! She was chasing me in my dream, and then she jumped into my room. I saw her shadow on the wall—her hat and her pointy chin."

Her mother and father looked at the wall across from her bed.

"Look," began her father, "the wall is clear and empty. There's nothing or no one on it. You must have still been dreaming."

"I really saw her there. I did, but she disappeared when she heard you come into the room."

"How about if I look for her everywhere in your room? Then will you feel safe?" her father offered.

"Okay, Papi," Silvia replied.

Her father got on his knees and lifted up the bedskirt. "Nope, all clear under here, just a lost sock," he said, pulling out a dusty pink sock.

He opened the closet and moved her clothes back and forth, then waved his arms in the far corners. "No witch here," he declared.

He bent down and looked under the dresser and yelled, "No short and skinny witch hiding under here."

Silvia smiled.

"How about outside my window?" Silvia suggested. She wanted to make sure the witch wasn't outside just waiting for her parents to leave.

Her father pushed the curtains far apart. "See, the new floodlights I just put up light up the whole yard. There's no place for her to hide. Besides, Buster would be barking and giving her a good chase."

Silvia knew he was right. Buster didn't let anyone get near their house without barking so much that the neighbors complained.

"Okay," said Silvia. "Maybe it was still part of my dream, but can I keep the lamp by my bed on anyway tonight?"

"Sure," said her mom, "and I'll stay here with you until you fall asleep again.

When Silvia woke up the next morning, she didn't think about the witch. It had taken her a while to go back to sleep, so she was tired, and getting ready for school seemed harder than usual. Her mom could see she was still tired when she got back from school. So, after dinner she suggested that Silvia go to bed a little earlier.

By eight o'clock, Silvia was in her pj's and ready to go to sleep for the night. When her parents came in and kissed her goodnight, she asked if they could stay a few minutes when they turned off the light to see if the witch's shadow returned to the wall. They flipped off the switch, but nothing changed in the room, except for a dusky light that made it easier for Silvia to fall asleep. Silvia smiled at the blank wall in front of her bed as she and her parents each said goodnight, and they left the room.

For the next three nights, her mom stayed in the room when she turned off the light, until Silvia saw there was no witch on her wall.

On Friday night, her cousin Cristina came to spend the night. Silvia's mom let them stay up until nine-thirty, watching videos and eating the small, round cakes they made in her Easy-Bake oven. At nine-thirty, they were huddled together in Silvia's bed, telling jokes and giggling too hard to fall asleep. They were still awake at ten o'clock, talking in the dark when the witch appeared again.

As the clock down the hall rang out ten chimes, the shadow hat and pointed chin flashed onto the wall.

"Aaah, aaah," they screamed, and Cristina threw her arms around her older cousin's neck.

Silvia reached out and quickly pulled the cord on her bedroom lamp, and the witch was gone in a flash.

By this time, her parents were at the bedroom door. "What happened, what happened?" they both called out at the same time.

"The witch, the witch, she came back," cried Silvia, sounding out of breath.

"I saw her, too," yelled Cristina, "there, there on the wall, with a big hat and long pointy chin, just like Silvia told me."

"Hmm, I don't see anything," said her father, standing in front of the wall.

"I know," said Silvia. "She's like a vampire. She's afraid of light. When I turned on my lamp, she disappeared."

"Hmm," said her father again. "And the last three nights when you went to bed in the dark, the witch didn't come?" he asked.

"No, no, only tonight," replied Silvia.

"This is a real mystery," her father said, scratching his head.

"The witch came when she heard the clock chimes," added Cristina.

"Exactly at ten o'clock," said Silvia's mother. Then she and Silvia's father smiled at each other.

"I think Cristina helped solve the mystery," said Silvia's father.

"I did?" exclaimed Cristina. "How?"

"I'll bet if we turn off the light, we can get the witch to come back," he replied.

The two girls groaned.

"Don't worry. Your mom and I will be right here with you," he continued.

Silvia's parents sat on the bed, one on the right and one on the left so the girls would feel safe. Then her father turned off the lamp. As soon as he did, the witch reappeared on the wall.

"Aaah, aaah," cried the two girls, and he quickly turned the lamp back on and sent the witch away.

"It's okay. It's okay. Here's your witch," laughed her father pointing to the lamp.

"Huh?" the two girls replied, looking confused.

"Remember I put the new floodlights in the back yard last weekend? Well, they're on a timer that switches them on automatically at ten o'clock every night. That makes some light come into your room when your curtains are a little open. The light hits your lamp and sends its shadow onto your wall. Your witch's hat is the lamp shade and the pointy chin is just the base and your imagination. Watch, I'll make the witch come and go anytime I want."

"Abra-ca-dabra," her father shouted and turned off the lamp. The witch appeared imme-diately. "Abra-ca-dabra," he called again as he

turned the lamp on again, and the witch vanished in a flash of light.

The two girls giggled. "Let me do it. Let me do it," they both cried.

"Okay, okay. Take turns for a few minutes, but then you have to go to sleep," Silvia's mom insisted.

"Abra-ca-dabra!" shouted Silvia as she turned the lamp off and the witch appeared at her command.

"Abra-ca-dabra!" yelled Cristina as she banished the witch by turning on the lamp. Then the two fell back onto the bed giggling and singing "Abra-ca-dabra" over and over again.

Counting Kittens

(Based on a True Story)

Maya had four kittens, three calm, sleepy females and a larger, curious male. Like all Siamese kittens, they had soft white fur, not beige and chocolate brown fur like their mother. At four weeks old, the kittens stayed cuddled together in a fluffy white pile or nursing in a row across their mother's belly.

One afternoon, Elena and her little brother Ricky went in to check on the new family. The three females were asleep together, leaning against their mother's chest. Every now and then Maya gave each a grooming lick across their heads.

Elena counted the kittens: one, two, three. Ricky came closer and counted them again. The male was nowhere in sight. Elena looked to see if he had fallen behind the wicker basket. All that was there was Maya's old gray catnip mouse.

Elena looked behind the drapes and walked around the room looking through bookcases and under chairs. Ricky crawled under the table to check the far corner. They emptied the toy box to see if he had crawled in to cuddle with the stuffed animals. But there was no sign of the little kitten.

"That little rascal," said Elena. "He must have wandered out of the room."

"How can we find something that small in our big house?" wondered Ricky.

They decided to search all the low places, beginning with the linen closet in the hall. They looked on the bottom shelves, hoping to find him napping on the soft, fluffy towels. But there was no trace of him.

They got on their knees, trying to get a kitten's eye view. Ricky peered under dressers. He ducked under bedspreads and checked under beds. Elena searched through the boxes and shoes on the closet floors. She even looked inside her father's boots. But there was no kitten to be found.

In the kitchen, Elena held a flashlight while Ricky looked under the refrigerator and the stove. But no kitten appeared.

After searching for nearly half an hour, they became more worried.

"What if he's stuck somewhere dangerous where he might fall or someone might sit or step on him?" cried Elena.

Most of all, it had been a long time since the kitten had eaten. They knew they had to find him soon.

They walked back and found Maya busy cleaning the three remaining kittens. "She seems like such a good mother, always feeding and cleaning them. Doesn't she care about the male kitten?" asked Ricky.

Suddenly, Elena had a new thought. "Maybe she doesn't know a kitten's missing."

Elena came up with a plan to test her new idea. They would take the kittens away from Maya one at a time and hide them until she realized one was missing. Then, hopefully, she would help find the lost little male.

First Elena scratched Maya's head until she closed her eyes and purred. Then Ricky bent down, picked up a kitten and backed out of the room. He put the kitten in an empty clothes hamper in the bathroom and closed the door.

When he slipped back into the room, Maya was standing in the wicker basket. She smelled the two remaining kittens and the blue pillow inside the basket. She turned around in a circle, smelling the basket from all sides. She leaped out of the basket with a very serious look in her eyes. She paced around the basket. Then she began to take quick steps around the room. When she got to the door, she trotted quickly down the hall, across the dining room and into the den with the children right behind her. Maya stopped in front of the desk where their mother was working and meowed.

"What's the matter, Maya?" asked their mother.

Maya answered with a louder meow. Then they all heard a few faint squeaks. They looked under the desk, but there was no kitten. Maya walked up to the bottom drawer and meowed again. Little squeaks echoed back at her. Their mother reached down quickly and opened the drawer. In the middle of the papers and envelopes, a sleepy little kitten stretched and then leaped out of the drawer right to his mother's side. Maya instantly welcomed her lost son by licking his happy little face.

"How could he get inside the drawer?" puzzled Elena.

"He couldn't open it," added Ricky.

"And I didn't leave it open," said their mother. Then she hesitated. "But, there is a small space between the end of the drawer and the back of the desk. He could have crawled up there and slipped into the drawer."

"That solves one mystery," replied Elena, "But how did Maya know exactly where to find him? She walked straight to where he was."

"I guess that will always be a mystery," said her mother, "but we did learn something new today: Cats, at least our cat, can only count to three."

Also by Diane de Anda

The Ice Dove and Other Stories
The Immortal Rooster and Other Stories
Kikiriki / Quiquiriquí

EL MONSTRUO
EN EL
COLCHÓN
y otros cuentos

DIANE DE ANDA

Traducción al español de
Josué Gutiérrez-González

PIÑATA
BOOKS
PIÑATA BOOKS
ARTE PÚBLICO PRESS
HOUSTON, TEXAS

The Monster in the Mattress and Other Stories/El monstruo en el colchón y otros cuentos ha sido subvencionado por la Ciudad de Houston por medio del Houston Arts Alliance.

¡Piñata Books están llenos de sorpresas!

Piñata Books
An imprint of
Arte Público Press
University of Houston
452 Cullen Performance Hall
Houston, Texas 77204-2004

Diseño de la portada de Mora Des!gn
Ilustraciones de Jaime Molina

de Anda, Diane
 The Monster in the Mattress and Other Stories / by Diane de Anda; Spanish translation by Josué Gutiérrez-González = El monstruo en el colchón y otros cuentos / por Diane de Anda ; traducción al español de Josué Gutiérrez-González.
 v. cm.
 Summary: Presents six stories of children and their families facing everyday mysteries.
 Contents: Mario, the Magnificent = Mario, el Magnífico—Abuela's Mystery: Footprints in the Flour = El misterioso caso de las extrañas huellas en la harina de Abuela—The Monster in the Mattress = El monstruo en el colchón—Mystery Mouse = El misterio del ratón—The Witch on the Wall = La bruja en la pared—Counting Kittens = Contando gatitos.
 ISBN 978-1-55885-693-6 (alk. paper)
 1. Children's stories, American. [1. Family life—Fiction. 2. Hispanic Americans—Fiction. 3. Mystery and detective stories. 4. Short stories. 5. Spanish language materials—Bilingual.] I. Gutiérrez-González, Josué. II. Title. III. Title: Monstruo en el colchón y otros cuentos.
 PZ73.D3863 2011
 [E]—dc22   2010054220
                      CIP

♾ El papel utilizado en esta publicación cumple con los requisitos del American National Standard for Information Sciences—Permanence of Paper for Printed Library Materials, ANSI Z39.48-1984.

Impreso en los Estados Unidos de America
Abril 2011–Junio 2011
Versa Press, Inc., East Peoria, IL
12 11 10 9 8 7 6 5 4 3 2 1

*Para los que disfrutan
los pequeños misterios
de la cotidianidad*

Índice

Mario, el Magnífico

PUM, PUM, PUM. PUM, PUM, PUM. Anita dejó de ver la televisión para averiguar quién estaba haciendo ese ruido. Y ahí, bajando las escaleras, estaba Mario, su hermano mayor de diez años, arrastrando el viejo baúl de madera de Abuelo. PUM, PUM, PUM. Mario iba empujando el baúl escalón por escalón.

—Mario, ¿por qué estás haciendo tanto escándalo? No me dejas oír la televisión —se quejó Anita.

—Lo siento. El baúl es muy pesado para cargarlo —respondió Mario.

—Y para empezar, ¿qué estás haciendo con el baúl de Abuelo? —preguntó Anita—. ¿Papá sabe que lo tienes?

—Claro, él me lo dio. Va a ser mi baúl de mago. ¿Ves? Hasta hice un letrero y se lo pegué enfrente. —Mario había llegado hasta el último escalón y ahora Anita podía leer claramente el

letrero. En grandes letras rojas subrayadas con negro había tres palabras: "Mario, el Magnífico". Anita puso unos ojos de burla.

—Necesitaba bajarlo para la función de esta noche —agregó Mario.

—¿Qué función? —preguntó Anita, interesada de repente en lo que Mario estaba haciendo.

—Esta noche, después de la cena, voy a montar mi primera función de magia para la familia. —Mario se enderezó, sonrió y luego hizo una reverencia doblándose por la cintura como hacían los magos de verdad.

—Qué bien —dijo Anita con un tono de aburrimiento. Estaba harta de oír a Mario hablar de magia. Había estado haciéndolo por días, desde que Mamá y Papá lo llevaron a la tienda de magia y lo dejaron comprar todo tipo de trucos como regalo de cumpleaños.

—¿Te gustaría ser mi asistente de mago? —preguntó Mario a su hermanita de siete años.

Anita pareció interesada. —¿Y qué es lo que hace exactamente una asistente de mago?

—Bueno, ayuda con muchos de los trucos. Hasta tendrías que ponerme las esposas en las manos detrás de la espalda —respondió Mario.

Anita sonrió. Aquel parecía ser el trabajo perfecto.

—Sólo hay una cosa. Pinky también tiene que ayudar en la función.

—¿Y cómo va a ayudar Pinky? Ella no es más que una pequeña hámster —dijo Anita un poco confundida.

—Ya verás, ella va a ser el *gran finale*, o sea, el gran final. Ella va a participar en el mejor truco de toda la función.

Ahora, Anita empezaba a emocionarse. —Muy bien, vamos a hacerlo —dijo Anita. Y entonces se dieron la mano como hacía la gente en la televisión cuando cerraban un trato importante.

Esa noche, antes de la cena, Mario y Anita trabajaron juntos para organizar la función de magia para sus padres y sus hermanitos. Llevaron el baúl hasta el frente del sofá y quitaron todas las cosas de la mesa de centro, de tal forma que Mario, el Magnífico pudiera usarla para sus trucos. Pinky estaba en su pequeña jaula sobre una mesita. Luego, Mario se puso una capa hecha de una tela negra reluciente en la parte exterior. Había practicado cómo saludar al púbico separando los brazos para que se viera el interior rojo brillante de su capa. Anita se puso una pequeña corona dorada que había usado en Halloween para también verse especial.

Mario llamó a Anita para enseñarle cómo cerrar las esposas.

—Las pones en mis manos y luego las cierras así —dijo Mario mientras le daba un golpecito a

las esposas—. Luego las jalas para demostrar que están apretadas y que no puedo sacar las manos. Y entonces, igual que Hudini, yo digo las palabras mágicas y . . . ¡me suelto!

—¿Queeeeeé, quieeeeeeén?

—Hudini, el mejor mago de todos los tiempos. Podía liberarse de esposas, cadenas y todo tipo de trampas.

En eso sus papás y hermanitos entraron al cuarto.

—Mi asistente les indicará cuáles son sus asientos —anunció Mario, y Anita los llevó hasta el sillón.

Cuando Anita regresó hasta donde estaba Mario, él le dijo en voz baja —Muy bien, ya puedes anunciarme.

Anita se paró enfrente del sillón y abrió la función en voz alta — Damas y caballeros, niños y niñas, con ustedes, ¡Mario, el Magnífico!

Anita se paró a un lado y Mario se colocó en medio de la sala inclinando su cabeza y levantando los brazos para que el rojo de su capa brillara con la luz de la lámpara.

Anita le pasó una baraja. Él mezcló las cartas y las extendió en su mano como un abanico.

—Tome una —le dijo a Mamá, y ella sacó una carta de la baraja—. Muy bien, después de que la vea, regrésela a su lugar.

Mamá deslizó la carta de nuevo a la baraja y Mario volvió a barajarla.

Entonces, sonrió y sacó una carta del mazo.

—¿Es ésta su carta? —preguntó.

—Pues sí, sí es —dijo Mamá sorprendida, y todos en el sillón aplaudieron.

—Ahora, ¿quién tiene un centavo que me pueda prestar? —pregunto Mario, el Magnífico.

Papá sacó una moneda.

—Muy bien, ponga el centavo en la ranura —dijo Mario, mientras abría una cajita de madera que tenía un agujero del tamaño exacto de un centavo. Cuando el centavo estuvo en la ranura, Mario cerró la cajita deslizando una pequeña tapa. Anita le pasó su larga varita mágica de color negro con punta plateada, Mario tocó la caja dos veces después de decir las palabras mágicas. —Centavo, centavito, desaparécete solito. —Entonces, volvió a abrir la cajita y para sorpresa de todos, el centavo se había esfumado.

—Oooh —alcanzaron a decir los dos hermanitos que miraban desde el sillón.

—Ahora, observen —dijo Mario, el Magnífico, al mismo tiempo que cerraba la caja y la tocaba con su varita mágica—. Centavo, centavito, aparécete solito —recitó con los ojos cerrados—. ¡Ta ran! —dijo y abrió rápidamente la cajita. Ahí, por arte de magia, estaba el centavo de nuevo.

—¡Hurra! —gritaron los hermanitos y todos en el sillón aplaudían lo más fuerte posible.

Mario, el Magnífico, deleitó a su audiencia sacando un largo, largo pañuelo de seda de su manga y haciendo desaparecer un ramo de flores de papel. Hizo reír a su hermanita y hermanito sacando monedas de sus orejas. Y con cada truco, la audiencia aplaudía y gritaba. Y cada vez, Mario hacía una reverencia y mostraba su reluciente capa roja.

—Ahora, damas y caballeros, mi asistente me colocará unas esposas. Y frente a sus propios ojos me liberaré. —Mario le hizo una señal a Anita con su cabeza y le dio la espalda al auditorio. Frente a todos, Anita puso las esposas en las muñecas de Mario. Luego, las cerró dándoles un golpecito y luego les dio un fuerte tirón para mostrarle a todos que estaban firmemente cerradas. Mario se dio vuelta dando la cara al sillón—. Cuenten hasta tres —les pidió a todos.

—¡Uno, dos, tres! —contaron en voz alta. Y a la cuenta de tres, Mario agitó sus brazos y manos y gritó— ¡Ta raan! —al mismo tiempo que jalaba sus brazos hacia enfrente y les mostraba a todos las esposas abiertas.

En el sofá, los niños pegaban de brincos mientras aplaudían.

—Y ahora, *el gran finale* —anunció Mario y se agachó para sacar del baúl una caja negra que

puso sobre la mesa de centro. Anita sacó a Pinky de la jaula y se quedó junto a Mario.

—Primero quiero mostrarles que esta caja está vacía y hecha de madera firme —golpeó todos los lados con la varita mágica para demostrar que era madera firme. Después la colocó de nuevo en la mesa. Extendió el brazo y Anita le puso a Pinky en la mano.

—A continuación colocaré a Pinky cuidadosamente en la caja —dijo mientras ponía con delicadeza al hámster en la caja y cerraba la tapa—. Ahora, la haré desaparecer —y golpeó la parte trasera de la caja con la varita mágica.

Anita estaba tan nerviosa que estuvo a punto de gritar pero se contuvo. Mario nunca le dijo que iba a desaparecer a la pobre Pinky. Así que cuando Mario abrió la caja y la pequeña hámster había desaparecido, Anita estaba muy enojada, aunque todos en el sillón aplaudían sin parar.

—Y ahora, haré aparecer a Pinky de nuevo —anunció Mario, el Magnífico. Tocó la caja con la varita mágica, abrió la tapa y gritó — ¡Ta ran! —Pero la caja estaba vacía.

—¿Dónde está Pinky? ¿Dónde está? —gritó Anita casi a punto de llorar.

—No hay problema, no hay ningún problema. Solo tengo que volver a tocar la caja con mi varita mágica y Pinky aparecerá. No se preocupen —dijo Mario mientras rápidamente tocaba

tres veces la caja con la varita. CLICK, CLICK, CLACK, pero la caja seguía vacía.

Anita empezó a llorar. —Tú nunca quisiste a Pinky —le gritó a Mario—. Siempre le decías cosas feas.

Mamá abrazó a Anita para tranquilizarla. Papá se acercó a la mesa de centro para observar mejor la caja negra donde Pinky había desaparecido misteriosamente.

—Hijo —le dijo Papá— enséñame cómo funciona la caja para saber qué le pasó a Pinky.

—La desaparición de Pinky es un misterio. Un mago nunca revela sus secretos —dijo Mario cruzando los brazos.

—Pues tú eres el peor mago del mundo —gritó Anita con lágrimas en los ojos.

—Mario, yo creo que tú puedes resolver este misterio —dijo Mamá.

Aunque no quería admitirlo, Mario también estaba preocupado por Pinky, así que oprimió un botón en la parte trasera de la caja y todos pudieron ver el pequeño compartimiento donde se suponía que Pinky debía esconderse.

Papá examinó la caja. —Ya sé lo que pasó —dijo—. Esta caja está hecha para usarse con un conejo. Aquí tiene una ranura para que entre aire. Los hámsteres se pueden escurrir fácilmente, porque se aplastan como una alfombra y caben por cualquier ranura. Pinky se salió de la caja antes de que la abrieras por segunda vez.

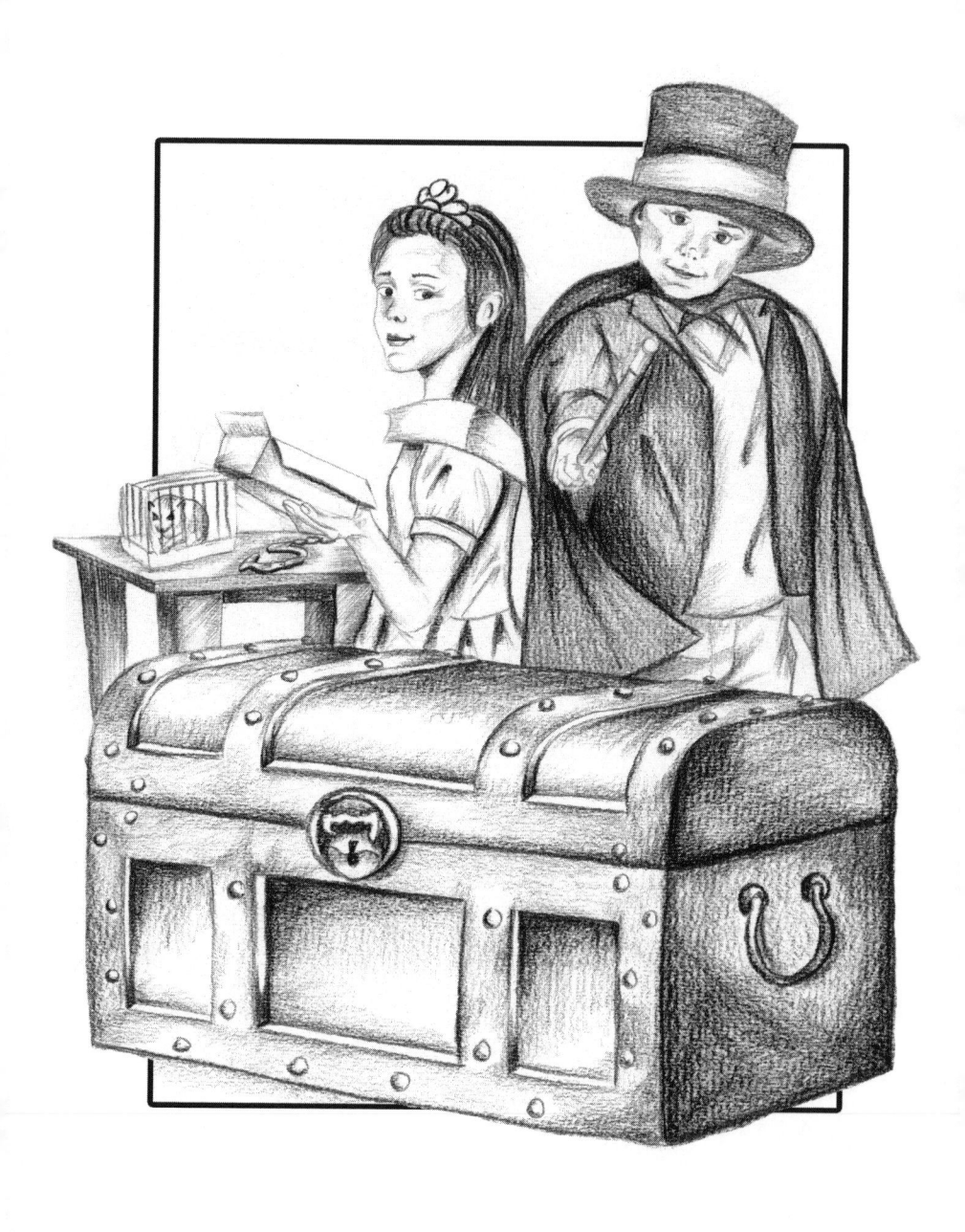

—¿Entonces, quiere decir que Pinky no desapareció? —preguntó Anita secándose las lágrimas.

—Así es, mija. Eso quiere decir que la siguiente parte de la función se llama "a buscar al hámster". Muy bien, todo mundo de rodillas que va a empezar la cacería.

Y toda la familia se puso a gatear por toda la sala. Buscaron debajo de las mesas y las sillas, abajo del sillón y atrás de las cortinas.

—¡La encontré, la encontré! —gritó Anita. Pinky estaba muy tranquila sentada sobre unas revistas masticando papel y haciendo confeti. Anita la tomó entre sus manos y la abrazó y la besó mientras le acariciaba el pelito rosa y esponjado de la cabecita.

—Lo siento, Anita, no quise hacerte enojar. Creo que eché a perder toda la función —dijo Mario un poco triste.

—Oh, no —dijo el más pequeño de los hermanitos—. La cacería fue lo mejor de todo.

Anita volvió a sonreír. —Se me hace que Pinky se parece a este, este, este . . .

—Hudini — agregó Mario—. Sí, creo que Pinky es mejor mago que yo. Desapareció sin que nos diéramos cuenta e hizo el mejor truco de toda la noche.

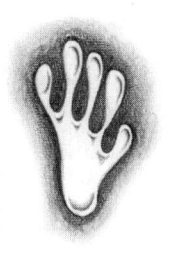

El misterioso caso de las extrañas huellas en la harina de Abuela

A buela limpió el mesón de la cocina y acomodó todas las cosas que necesitaba para preparar el pastel de cumpleaños de Abuelo. La mantequilla, la leche y los huevos todavía guardaban el frío del refrigerador. También tenía vainilla para darle sabor al pastel y un botecito rojo y blanco con el polvo para hornear. Pero el ingrediente más importante era la harina blanca y sedosa que Abuela usaba sólo para cocinar los mejores postres. Destapó el bote plateado de la harina y estaba a punto de meter la tacita para medir cuando las vió otra vez. Justo en medio del polvo blanco había dos marcas.

—¡Antonio, apúrate, ven a ver! —gritó Abuela.

—¿Qué pasa? —respondió Abuelo mientras se apresuraba a la cocina.

—¡Ya regresaron! Mira, ven a ver con tus propios ojos —dijo Abuela.

Abuelo miró por encima del hombro de Abuela. —Sí, tienes razón. Parece que alguien ha estado caminando encima de tu harina otra vez y aquí dejó sus huellas —murmuró Abuelo sonriendo.

Pero a Abuela no le pareció gracioso. Solo movió la cabeza.

—No lo entiendo. Yo soy la única que usa la harina. Antes de guardarla, siempre me aseguro de que esté suave y pareja.

Abuela levantó el bote y lo miró por abajo para ver si había algún golpe que explicara las misteriosas marcas. Pero el fondo del bote estaba perfectamente plano.

—No tiene sentido —repitió Abuela—. La mayoría de las veces, la harina está completamente lisa, pero a veces tiene esas pequeñas marquitas.

—A lo mejor tiene que ver con el clima. Si hace mucho calor o si hace mucho frío o si hay mucha humedad en ciertos días —sugirió Abuelo.

—No creo —respondió Abuela—. La tapa está bien cerrada y no creo que le haya entrado aire.

—Entonces para mí también es un misterio —dijo Abuelo, encogiéndose de hombros mientras salía de la cocina.

Abuela puso un dedo en cada marca y empujó hacia abajo con fuerza para ver si había algo

escondido en el fondo. Pero lo único que sintió fue la fría y suave harina. Al final sacó dos dedos blancos como fantasmas y decidió que Abuelo tenía razón. Las huellas en la harina iban a seguir siendo un misterio porque ella se tenía que poner a cocinar un pastel de cumpleaños.

Al otro día, Abuela no pensó en las extrañas marcas en la harina porque estaba muy ocupada. Era un cálido día de primavera, así que acomodó las mesas y las sillas en el patio para tener el almuerzo de cumpleaños al aire libre. Cuando los invitados llegaron, Abuela estuvo muy atareada abrazando nietos y acomodando regalos envueltos con papeles y listones de colores brillantes debajo de los globos que decían "Feliz cumpleaños". Y luego tenía que servir la comida. Había preparado los platos favoritos de Abuelo. Había un enorme tazón lleno de guacamole verde y brillante y tostaditas para comérselo. Vació los frijoles que había guisado con chorizo del sartén negro y pesado a un platón que puso junto a la charola de las enchiladas decoradas con aceitunas negras y redonditas. Abuela siempre preparaba enchiladas que ella llamaba "gordas" con queso amarillo sobre la salsa roja y aceitunas negras. También había una bandeja con piernas de pollo con un empanizado crujiente y dorado. La ensalada de frutas tenía gajos de brillante

naranja, bolitas de melón verde y un montón de uvas rechonchitas.

Abuela se había olvidado completamente de las marcas en la harina. Estaba muy feliz viendo a su familia disfrutar de la comida que había hecho para ellos.

—Vayan a jugar un rato —les dijo a los nietos después de que todos habían comido—. En un ratito vamos a servir el pastel y la nieve. —Los grandes tomaron café y rieron y platicaron mientras los niños jugaban en el inmenso patio de Abuela y corretearon dentro y fuera de la casa.

Después de un rato, Abuela le dijo a Abuelo —¿Por qué no juntas a los niños mientras servimos el pastel y la nieve?

Abuelo caminó hasta el último rincón del patio donde los niños estaban amontonados hincados en el suelo.

—¿Qué están haciendo? —preguntó Abuelo.

—Una carrera de ranas —contestó Frankie de apenas siete años.

Abuelo miró hacia abajo y vio en el zacate dos ranitas alineadas una junto a la otra. Pero nunca en su vida había visto ranas como ésas. Eran completamente blancas.

—¿De dónde sacaron esas ranas, niños? —preguntó Abuelo.

—No son blancas de verdad, Abuelo —respondió Gloria—. Lo que pasa es que cuando

están verdes no se ven bien en el zacate. Por eso siempre que encontramos ranas las llevamos a la cocina y las metemos en la harina de Abuela hasta que quedan bien blanquitas. Así es bien fácil verlas brincando en el zacate.

Abuelo se empezó a reír. Se reía tan fuerte que hasta se dobló y se agarró la panza.

—¿De qué te ríes? —preguntó Tommy con cara de no entender ni papa.

—De nada, de nada. Es que acabo de resolver un misterio, eso es todo —dijo Abuelo.

—Vamos, niños. Estamos encendiendo las velitas del pastel —gritó Abuela.

En el centro de la mesa estaba el enorme pastel, redondo, cubierto de chocolate y con hileras e hileras de velitas.

—¡Hurra! —gritaron los niños y corrieron a la mesa, olvidándose de las ranas

Para cuando Abuelo llegó a la mesa todas las velitas estaban encendidas.

—Pide un deseo, pide un deseo —gritaban los niños

—Deseo tener más cumpleaños rodeado de mi familia. —Luego se quedó pensando un rato— y muchos más de estos *pasteles especiales* que cocina Abuela. —Le guiñó un ojo a Abuela y apagó todas las velitas.

El monstruo en el colchón

Faltaban dos días para Halloween, y Rudi de siete años y su hermano Tony de nueve habían pasado una semana arreglando su cuarto para que estuviera espeluznante. Pegaron con cinta adhesiva monstruos y vampiros de cartón con caras verdes y afilados colmillos por todas las paredes. Amarraron con hilos invisibles murciélagos de plástico de las lámparas y del espejo frente a la cómoda. Una araña peluda de mentira de brillantes ojos rojos avanzaba por el piso cuando los chicos aplaudían. Culebras de plástico se enroscaban por el respaldo de las sillas del escritorio. Pegado a la puerta, un esqueleto fosforescente los recibía con una sonrisa cuando entraban al cuarto. En medio de la habitación, flotaba Gasparín, el fantasmita amistoso, que su papá había colgado de la lámpara.

Rudi había creído que le iba a dar mucho miedo dormir con una fantasma en su cuarto,

hasta que se dio cuenta de que era Gasparín. Algunas de las otras cosas también le daban miedo, pero a su hermano mayor le gustaban, y Rudi no quería que su hermano se diera cuenta de que le asustaban.

"Tony es valiente" pensó Rudi. "Hasta me deja tener la luz encendida enseguida de mi cama, porque él no la necesita. Algún día quisiera ser tan valiente como Tony".

Para entrar en el ambiente de Halloween, después de la cena, Tony leyó en voz alta algunas historias de fantasmas. Casi todas eran historias chistosas donde los fantasmas hacían travesuras, porque los papás no querían que los niños se asustaran y tuvieran pesadillas. Pero de todos modos, las historias le dieron un poquito de miedo a Rudi y antes de acostarse le pidió a Papá que revisara debajo de las camas.

—No hay nada aquí abajo, sólo un calcetín sucio y pelusas —dijo Papá cuando se agachó para revisar debajo de la cama—. Mmm, qué raro —dijo Papá cuando miró debajo de la cama de Tony—. Aquí hay un poco de aserrín, ¿de dónde habrá salido? ¿Tienen ustedes algún muñeco relleno con aserrín o estuvieron jugando con sus herramientas y madera?

—No, Papá, no sé por qué está eso ahí —respondió Tony. Rudi movió la cabeza y se encogió de hombros.

—Bueno, a menos de que tengamos termitas hambrientas esto es un misterio —dijo Papá, mientras se levantaba y se sacudía los pantalones—. Bueno, vayan a cepillarse los dientes y Mamá y yo vendremos a darles las buenas noches cuando terminen. Por cierto, ¿ya le dieron de comer a Joey?

—Sí, le di comida antes de cenar —respondió Tony. Había llenado el plato con croquetas para el enorme conejo blanco que vivía en su jaula en la sala junto a la recámara de los niños.

Tony fue al baño primero y Rudi se puso su pijama de rayas blancas y azules mientras esperaba su turno para lavarse los dientes. Y cuando se estaba abrochando el último botón oyó unos extraños ruidos que venían de la cama de Tony. BOING, BOING, como resortes rebotando y luego BAM, BAM, BAM cuando la cama empezó a brincar.

—¡Un fantasma, un fantasma! ¡Tony, apúrate, hay un fantasma brincando en tu cama! —gritaba Rudi desesperado.

Tony salió corriendo hacia el cuarto con la boca llena de pasta de dientes escurriéndole por los lados. Pero cuando llegó al cuarto, los ruidos y los brincos se habían detenido.

—¿Qué estás diciendo? —balbuceaba Tony con un montón de pasta en la boca.

—¡Tu cama, tu cama, el fantasma la estaba haciendo brincar para arriba y para abajo, BAM BAM BAM! —gritaba Rudi con los ojos bien

abiertos y la voz temblorosa—. ¡Yo lo vi, lo vi, de verdad! —repitió.

—¿Cómo era el fantasma? —preguntó Tony.

—Bueno, ya sabes —respondió Rudi —los fantasmas no se ven. Son invisibles. Pero vi cómo movía la cama. De verdad, yo lo vi.

—Sí, cómo no —dijo Tony burlándose y regresó al baño.

El pobre Rudi ya no dijo nada, pero no se quiso quedar solo en el cuarto y se fue atrás de su hermano a lavarse los dientes en el baño.

Ya no volvieron a hablar del fantasma y no les dijeron nada a sus papás cuando vinieron a darles el beso de las buenas noches. Rudi se quedó viendo la lamparita que estaba pegada a la pared cerca de su cama y encendió la lámpara del buró. Tony no dijo nada sobre la lámpara. Nada más se volteó hacia la pared para que no le molestara la luz.

Tony se quedó dormido de inmediato, pero a Rudi le tomó mucho tiempo quedarse dormido. Se quedo tratando de oír algún ruido y mirando para todos lados por si algo se movía.

Para las diez de la noche, los dos chicos ya llevaban dormidos casi una hora. Tony no podía oír el ruido de los resortes porque estaba muy dormido, pero se empezó a mover y a darse vuelta en la cama. De repente, se oyó un fuerte ruido, BAM, BAM, BAM, y el colchón que se empezó a mover

para todos lados lo despertó. Se sentó en la cama y sintió que el colchón se movía debajo de él.

—Ah, aahh, aaahhh —gritó cuando se bajó de la cama y pegó un brinco hasta la cama de su hermano. Esto despertó a Rudi también y los dos empezaron a gritar.

—Ah, ah, aahhh —gritaban al mismo tiempo los dos hermanos.

Como los papás todavía estaban despiertos, oyeron los gritos y corrieron hasta el cuarto de los niños. Prendieron inmediatamente la luz y vieron a los dos chicos abrazados mirando cómo se movía la cama de arriba a bajo.

—¿Pero qué es esto? —dijo Mamá—. ¡Niños, rápido, salgan del cuarto!

Los niños salieron disparados y se asomaron a mirar detrás de sus papás.

—¿Ya ves? ¡te dije que había un fantasma, te lo dije, te lo dije! —Rudi seguía repitiendo.

—Estoy seguro de que no es un fantasma, pero es mejor tener cuidado antes de revisar lo que es —dijo Papá. Tomó el bate de béisbol de Tony de atrás de la puerta y lentamente, con mucho cuidado, empezó a levantar la cama. Los niños y Mamá aguantaron la respiración.

Cuando había alzado un poco la cama, todos pudieron ver un hoyo en la tela que cubría la base de la cama y se veían las marcas de unos dientes que habían arrancado un pedazo de la base.

—¡Es un monstruo con colmillos filosos! —gritó Tony.

—Debe ser un animal salvaje —murmuró Mamá.

—Lo tengo —dijo Papá, mientras levantaba más alto el bate.

Y justo entonces, apareció la cabeza de Joey saliendo del agujero. El conejo ni siquiera se dio cuenta de la cara de sorpresa que todos pusieron. Se limitó a salir del hoyo y pasó entre la familia pegando unos saltitos para ir a tomar agua. Todavía estaba tomando agua de la botella que tenía pegada a su jaula cuando la familia entró a la sala riéndose y apuntándolo. Tony recogió el candado que había olvidado poner esa noche después de darle de comer y que evitaba que Joey abriera la jaula empujando la puerta con su cabeza. Rápidamente, pasó el candado y aseguró la puerta.

—Muy bien, ahora todo el mundo a dormir —dijo Mamá y llevó a los dos niños hasta su recámara.

Tony se trepó a su cama y jaló las cobijas hasta su cabeza. Rudi se quedó mirando el bulto que formaba su hermano mayor. Se acordó de la cara de Tony cuando brincó a su cama asustado. "Se me hace que hoy he sido tan valiente como mi hermano" pensó Rudi. Entonces estiró la mano hasta la lámpara del buró y apagó la luz.

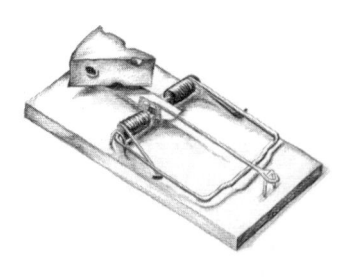

El misterio del ratón

—Aquí está el problema —dijo el plomero al señalar un cable roto bajo el lavaplatos.

—¿Cómo pasó eso? —preguntó sorprendida Señora Sánchez.

—Pues sólo hay una forma —respondió el plomero —tienen un ratón en la casa.

—¿De verdad? —dijo Martina, mostrándose interesada en lo que decía el plomero.

—Claro, esto pasa todo el tiempo —continuó el hombre—. Cuando hace frío afuera, los ratones se meten a las casas buscando el calor. Los lavaplatos son el lugar perfecto para refugiarse, especialmente cuando las personas lavan los platos después de la cena. Por alguna razón, a los ratones y a las ratas les gusta morder los cables y es entonces cuando nos llaman para reparar los lavaplatos.

—¿Y usted cree que ya se haya ido el ratón? —preguntó Señora Sánchez con la esperanza de que el plomero dijera que sí.

—Bueno, ahorita ya no está aquí, pero de seguro el ratón anda por ahí buscando comida en los cajones de la cocina —dijo el plomero.

—¡Guácala! —dijo Señora Sánchez al recordar que hacía unos días había encontrado un hoyito en un paquete de galletas—. Pues ése no es *mi* ratón y definitivamente no es bienvenido en *esta* casa.

Mientras Mamá le pagaba al plomero, Martina se puso a abrir cajones y a revisar entre las cajas de cereal y los platos. Cuando Mamá terminó, vio a Martina con la cabeza metida en el cajón donde guardaba los sartenes.

—Martina, ¿qué estás haciendo con la cabeza metida ahí? —le gritó.

—Buscando al ratón —contestó Martina, sacando la cabeza del cajón.

—Pues así no lo vas a encontrar nunca. Los ratones se esconden durante el día y salen en la noche. Vamos a preguntarle a tu papá qué podemos hacer.

Martina estaba emocionada. Pensó que la familia iba a discutir la forma de atrapar al ratón y después iba a poder conservarlo en un terrario como el de los ratoncitos blancos que servían de mascota de su clase.

Después de la cena, los señores Sánchez, Martina y Jess, su hermano mayor, se sentaron en el sofá de la sala para discutir lo que Señora Sánchez llamaba "El asunto del ratón".

—Tengo un par de trampas en la cochera —sugirió Señor Sánchez—. Podríamos poner una en la cocina y otra en el pasillo en caso de que pase por ahí. Solo tenemos que poner un poquito de comida en ellas para hacer que se acerque y quede atrapado.

—Tengo unos cuadritos de queso que sobraron de la ensalada —dijo Señora Sánchez.

—Perfecto, vamos a tratar con eso y a ver qué pasa —respondió Señor Sánchez.

Martina pensó que la trampa sería como una cajita en la que el ratoncito se iba a meter y ella lo iba a poder llevar al terrario, así que se le ocurrió preguntar —¿Me puedo quedar con él cuando lo atrapen?

Sus papás quedaron tan sorprendidos con su pregunta que no pudieron responder inmediatamente. Finalmente, Mamá le dijo —Martina, perdóname, pero las trampas no son para atrapar al ratón, el ratón se muere cuando cae en ellas.

A Martina se le hizo un nudo en la garganta solo de pensar en Franny y Zoey, los dos ratoncitos de su escuela, se imaginó sus cuerpecitos peludos y sus bigotitos largos y arqueados.

Mamá se dio cuenta de lo que estaba pensando, y trató de explicarle —Mira, este ratón no es como los que tienes en la escuela. A aquellos los crían especialmente para tenerlos en casa, están limpios y la gente los puede tener sin peligro. El ratón de aquí es salvaje y a lo mejor tiene gérmenes que nos pueden enfermar a todos.

—Sí, es un bicho asqueroso —agregó Jess.

—Pero no es justo que lo matemos solo porque tiene frío —dijo Martina con una vocecita triste.

—Uy, qué delicadita —dijo Jess mientras se iba a preparar para su práctica de hockey.

Esa noche, Señor Sánchez puso las trampas como había dicho usando los cubitos de queso que le dio Señora Sánchez. Pero cuando se levantaron al día siguiente, las trampas y el queso estaban exactamente iguales.

—A lo mejor ya se fue —dijo esperanzada Martina.

—Lo dudo mucho —le respondió Mamá—. Acabo de encontrar un agujero en la bolsa con la comida del gato. El muy bribón se quedó en el cuarto de lavado y cenó comida para gato.

—Creo que voy a poner otra trampa. También voy a poner una en el cuarto de lavado esta noche —dijo muy decidido Señor Sánchez. Y esa noche puso unos trozos más grandes de queso en cada una de las tres trampas. Señor Sánchez

pensó que el ratón no iba a poder resistir la tentación.

Cuando Martina ya no estaba en el cuarto, Jess le preguntó a Papá cómo funcionaban las trampas.

—Es muy fácil —dijo Señor Sánchez— si el ratón trata de agarrar el queso, mueve el mecanismo y hace que este gancho lo aplaste tan fuerte que lo mata en un segundo.

—Uy —eso fue lo único que Jess pudo decir.

Al siguiente día, Señor Sánchez se levantó con la seguridad de haber atrapado al ratón. Pero se llevó una gran sorpresa. Las tres trampas se habían activado, pero no había ningún ratón en ellas. Pero lo más extraño era que los tres trozos de queso habían desaparecido.

—No lo puedo creer. El ratón se robó los tres pedazos de queso sin quedar atrapado. Debe ser un ratón muy inteligente —comentó Señor Sánchez durante el desayuno.

—En alguna parte leí que les gusta mucho la mantequilla de cacahuate. Es tan pegajosa que no se la pueden llevar fácilmente y la trampa los alcanza —dijo Señora Sánchez.

—No es justo que le hagan eso, pobrecito —interrumpió Martina.

—Ya va a empezar otra vez la delicadita —empezó a burlarse Jess.

—Deja en paz a tu hermana —ordenó Señora Sánchez—. Esto se tiene que hacer, pero no es fácil para ella.

—Pero sólo es un ratón. Hay miles en el mundo. No entiendo cuál es el problema —explicó el chico.

—No es gran cosa para ti, pero para mí es muy importante —dijo con firmeza Martina, y se levantó y se fue de la cocina.

Esa noche, Señor Sánchez puso una buena cucharada de mantequilla de cacahuate en cada trampa y luego ajustó el gancho.

—Con esto va a ser suficiente —se dijo muy convencido antes de irse a acostar. Pero a la mañana siguiente, todas las trampas amanecieron activadas, la mantequilla de cacahuate había desaparecido y no había ni rastro del ratón.

—Esto sí que es un misterio —declaró Señor Sánchez—. Miren, no dejó nada de mantequilla, eso le debe haber tomado mucho tiempo, pero de todos modos no cayó en la trampa. Esto no tiene sentido.

Durante todo el día, Señor Sánchez se la pasó pensando en cómo hacerle para acomodar la carnada y evitar que el ratón pudiera escaparse con la comida. Esa noche, Señor Sánchez se le ocurrió amarrar con una cuerda un trozo de queso a

cada trampa. Después puso una buena bola de mantequilla de cacahuate para que el ratón no pudiera ver la cuerda. No le dijo nada a la familia, porque primero quería estar seguro de que funcionaría.

Para las diez de la noche, todos los miembros de la familia Sánchez estaban acostados en sus camas. La casa estuvo oscura y silenciosa hasta la media noche. De pronto, todos se despertaron al oír un fuerte ruido que venía del pasillo:

—¡Ay, aaaayyyy!

Los señores Sánchez corrieron hasta el pasillo y prendieron la luz. Y ahí, en medio del pasillo, estaba Jess dando de brincos, gritando —¡Ay, aay, aaay! —y con los dedos de la mano aplastados con el gancho de una trampa para ratones.

Señor Sánchez corrió hasta donde estaba su hijo y levantó el gancho para liberar los dedos del muchacho. Jess dejó de saltar y con la otra mano se apretaba los dedos.

—Déjame verte la mano —dijo Mamá—. ¿Puedes mover los dedos?

Jess flexionó los dedos. —Me duele, pero sí los puedo mover.

—Aquí no hay ningún ratón, ¿verdad, Jess? —le preguntó Papá mirándolo a los ojos—. Tú eras el ratón, ¿no es cierto?

—¿Qué quieres decir, Papá? —preguntó Martina confundida con tanto escándalo.

—Sí, yo me estuve robando el queso de las trampas en las noches. Usaba mi bastón de hockey para activar las trampas, pero esta noche se me olvidó en la escuela y no lo pude sacar tan rápido con la mano.

—¿Y por qué hiciste eso? —preguntó Martina.

—Empecé a pensar y se me hizo muy feo deshacernos del ratón en esa forma. Pensé que debía haber otra manera de atraparlo para poder soltarlo lejos de la casa.

—Qué delicadito —murmuró Martina y se sonrió.

—Me acabas de recordar algo —gritó emocionado Señor Sánchez—. Vamos a dormir y mañana les enseñó algo.

Al siguiente día, cuando Señora Sánchez y los niños entraron a la cocina, Señor Sánchez les tenía una sorpresa. En el piso había una caja hecha de madera y alambres.

—Esta es una trampa especial para ratas y ratones que inventó mi abuelo. Era carpintero y la hizo él mismo para mantener a los roedores lejos de su almacén.

Señora Sánchez, Martina y Jess se acercaron.

Señor Sánchez continuó. —Tiene dos pequeños cuartos. El queso se pone en el segundo cuarto. El ratón huele el queso o cualquier cosa que se ponga adentro y se mete en la trampa.

Cuando entra al primer cuarto, la puerta se cierra. Al ratón no le queda de otra que seguir adelante y buscar el queso. Cuando entra al segundo cuarto, la otra puerta se cierra. Queda atrapado en el segundo cuarto y no tiene forma de salir. Esta trampa no le hace daño al ratón y podremos liberarlo en el campo.

Toda la familia estuvo de acuerdo con el plan y se sintieron muy orgullosos de que alguien en su familia hubiera inventado algo tan maravilloso, ingenioso y, sobre todo, que no lastimaba a los ratones. La primera noche, nadie se metió a la trampa. El queso seguía ahí y las dos puertas estaban abiertas. Pero al segundo día las dos puertas amanecieron cerradas y encontraron a un ratoncito café que trataba de salir del segundo cuarto.

—¡Bravo por el abuelo! —gritó Señor Sánchez cuando entró a la cocina—. Como es sábado, vamos a dar un paseo antes del desayuno para soltar al ratón en el campo.

La familia Sánchez fue a cambiarse sus pijamas y todos se pusieron sus gruesos abrigos de invierno para salir de casa. Señor Sánchez llevaba la trampa con el ratón adentro. Cuando llegaron a la mitad del terreno, Señor Sánchez volteó hacia donde estaba Martina y le pasó la trampa con mucho cuidado para no asustar al ratoncito.

—Muy bien, Martina —dijo Papá— ¿te gustaría abrir las puertas y dejar libre a nuestro amiguito?

—Gracias, Papá —respondió Martina— pero creo que este delicadito debería hacerlo —y le pasó a su hermano la trampa con el ratón más suertudo del mundo.

La bruja en la pared

Todo empezó la noche en que Silvia tuvo una pesadilla que la hizo despertarse a mitad de la noche. Justo cuando la bruja estaba a punto de atraparla en su sueño, Silvia se sentó en la cama contenta de haberse despertado y estar a salvo. Pero cuando se restregó los ojos para despertarse bien, alcanzó a ver una sombra en la pared frente a su cama. Estaba segura de que la bruja la había seguido desde el sueño y se había metido en su recámara.

—¡Mami, Papi! ¡Mami, Papi! —empezó a gritar una y otra vez tan fuerte como pudo.

Sus gritos despertaron a sus papás que dormían en el cuarto de enseguida. Corrieron hasta la recámara de Silvia, prendieron la luz y se acercaron a la cama. La mamá de Silvia la abrazó y le empezó a decir bajito —Sh . . . , sh . . . , sh . . . , sh . . . —tratando de calmarla.

Papá se acercó y le empezó a acariciar el pelo. —¿Qué tienes, mija? —le dijo con una mirada de preocupación en los ojos.

—La vi, la vi, me persiguió desde el sueño, vi su sombra en la pared, —dijo Silvia tan rápido que ni siquiera se tomó el tiempo para respirar.

—¿A quién viste, mija? —le preguntó Mamá mirándola directo a los ojos.

—¡A la bruja! ¡La bruja! Me estaba persiguiendo en el sueño y luego brincó adentro del cuarto. Vi su sombra en pared, tenía puesto el sombrero y se le veía la nariz picuda.

Sus papás voltearon para mirar la pared, pero no había nada.

—Mira —empezó a decir Papá—, la pared está vacía, no hay nadie. A lo mejor estabas soñando.

—No, de verdad, la vi, pero luego desapareció cuando oyó que ustedes venían.

—¿Y qué tal si buscamos a la bruja en el cuarto? Esto te va a hacer sentir mejor, ¿no? —propuso Papá.

—Okay, Papi —respondió Silvia.

Papá se agachó y levantó las cobijas. —No, aquí abajo no hay nada, solo un calcetín que andaba perdido —dijo mientras sacaba un calcetín rosa lleno de polvo y peluza.

Papá abrió el clóset y movió la ropa de un lado para otro, metió la mano hasta el fondo y

revolvió todas las cosas—. Por aquí tampoco hay ninguna bruja —afirmó con seguridad.

Volvió a agacharse y miró debajo de la cómoda y desde allá abajo gritó —No, no alcanzo a ver ninguna bruja flaca y chaparrita debajo de los muebles.

A Silvia se le dibujó una sonrisa.

—¿Y qué tal afuera de la ventana? —preguntó. Quería estar segura de que la bruja no estaba escondida afuera esperando que sus papás se fueran para meterse otra vez.

Papá movió las cortinas. —Ves, las nuevas lámparas que puse alumbran todo el jardín. No hay donde esconderse. Además, si tratara de meterse la bruja, Buster se pondría a ladrar y le metería un buen susto.

Silvia sabía que Papá tenía razón. Buster siempre ladraba cuando alguien se acercaba a la casa y hasta los vecinos se habían quejado por el ruido que hacía.

—Muy bien —dijo Silvia—. A lo mejor lo soñé, pero ¿puedo dejar la luz del buró prendida?

—Claro —dijo Mamá—, y además me voy a quedar contigo aquí sentada hasta que te duermas.

A la siguiente mañana, cuando Silvia se despertó, ya ni siquiera pensaba en la bruja. Como se había tardado mucho en volver a dormirse, se sentía un poco cansada y le costó mucho traba-

jo prepararse para la escuela. Mamá se dio cuenta de que al regresar de la escuela, Silvia todavía se veía agotada, así que le propuso que se fuera a dormir un poquito más temprano esa noche.

Para las ocho de la noche, Silvia ya se había puesto su pijama y estaba lista para acostarse. Cuando sus papás vinieron a darle el beso de las buenas noches, les preguntó si podían quedarse un ratito después de apagar la luz, solo para comprobar que la bruja no apareciera en la pared. Apagaron la luz, pero no pasó nada en el cuarto y hasta entraba un poco de luz de afuera, lo que tranquilizó a Silvia. Volteó hacia la pared donde había visto a la bruja y sonrió. Luego los papás le dijeron buenas noches y salieron del cuarto.

Durante las tres noches siguientes, Mamá se quedó en la recámara después de apagar la luz hasta que Silvia se aseguraba de que no había ninguna bruja en la pared.

El viernes por la noche, su prima Cristina vino a dormir a casa de Silvia. Mamá les dio permiso de quedarse despiertas hasta las nueve y media viendo videos y comiendo unos deliciosos pastelitos que habían cocinado en el hornito de juguete de Silvia. Para las nueve y media, ya estaban las dos primas hechas bolita en la cama de Silvia jugando y riéndose tanto que no se podían dormir. Para las

diez todavía seguían despiertas. Estaban platican-
do en la oscuridad cuando la bruja apareció.

En cuanto el viejo reloj de la sala tocó diez
campanadas, se vio la sombra de la bruja con su
enorme sombrero y la horrible nariz puntiaguda.

—¡Aaay, aaayyyy! —gritaron las dos niñas, y
Cristina se abrazó con todas sus fuerzas a su
prima.

Rápidamente, Silvia estiró el brazo y logró
prender la luz y, en eso, la bruja se esfumó.

Para entonces, sus papás ya estaban en la
puerta. —¿Qué pasó, qué pasó? —gritaban los
dos al mismo tiempo.

—¡La bruja! ¡La bruja! ¡Regresó la bruja!
—gritó Silvia casi sin poder respirar.

—Yo también la vi —dijo Cristina—. Estaba
ahí, en la pared, tenía puesto un sombrero y se le
veía la nariz larga y picuda, así como había dicho
Silvia.

—Ummm, yo no veo nada —dijo Papá para-
do frente a la pared.

—Ya sé —respondió Silvia— es como un
vampiro, le da miedo la luz. Cuando prendí la
lámpara, se desapareció.

—Hmmm —volvió a decir Papá—. Y las otras
noches la bruja nunca apareció, ¿verdad?
—preguntó.

—No, no, sólo esta noche —dijo Silvia.

—Pues esto sí que parece un misterio —dijo Papá rascándose la cabeza.

—La bruja vino cuando oyó las campanadas del reloj —agregó Cristina.

—Exactamente a las diez en punto —dijo Mamá. Los papás de Silvia se miraron y sonrieron.

—Creo que Cristina ha ayudado a resolver el misterio de la bruja —dijo Papá.

—¿En serio? —preguntó Cristina—. ¿Cómo lo hice?

—Les apuesto a que si apago la luz la bruja vuelve a aparecer —dijo Papá con una sonrisa.

Las dos niñas se asustaron.

—No se preocupen. Nosotros nos vamos a sentar aquí con ustedes —agregó.

Los papás se sentaron en la cama, uno a cada lado de las niñas para que no les diera miedo. Después, Papá apagó la luz y en cuanto lo hizo, la bruja volvió a aparecer en la pared.

—¡Aaay, ayyy! —gritaron las dos niñas, y Papá rápidamente encendió la lámpara e hizo desaparecer a la bruja.

—Calma, calma. Ahí está su bruja —dijo Papá riéndose al mismo tiempo que apuntaba hacia la lámpara.

—¿Queeé? —alcanzaron a preguntar las dos niñas cada vez más confundidas.

—¿No se acuerdan que puse las luces en el patio la semana pasada? Pues esas luces se pren-

den automáticamente a las diez de la noche. Eso hace que entre un poco de luz al cuarto si las cortinas están un poquito abiertas. La luz da en la lámpara y proyecta su sombra en la pared. El sombrero de la bruja es la pantalla de la lámpara y, con un poco de imaginación, la base de la lámpara se convierte en una nariz de bruja. Miren, puedo hacer aparecer y desaparecer a la bruja cada vez que quiero.

—Abracadabra, patas de cabra —dijo Papá haciendo una voz misteriosa, al mismo tiempo que apagaba la luz. Y en ese momento apareció la bruja—. Abracadabra, patas de cabra —volvió a decir Papá y la bruja se desvaneció con la luz.

Las dos niñas se empezaron a reír. —Ahora yo, ahora yo —gritaron las dos primas al mismo tiempo.

—Muy bien, muy bien, pueden hacerlo por turnos, pero solo un rato, después se tienen que dormir —aclaró Mamá.

—Abracadabra, patas de cabra —gritó Cristina haciendo aparecer a la bruja con la lámpara. Después de un rato, las niñas se acostaron riendo y gritando "Abracadabra, patas de cabra" una y otra y otra vez.

Contando gatitos

(Basado en una historia real)

Maya tuvo cuatro gatitos, tres tranquilas y dormilonas gatitas, y un fuerte y curioso gatito. Como todos los gatitos siameses, tenían el pelito suave y blanco, no como la mamá que lo tenía color crema y café chocolate. A las cuatro semanas de nacidos, los gatitos permanecían juntos formando una sola bolita blanca o se acomodaban en hilera encima de la panza de su mamá mientras les daba de comer.

Una tarde, Elena y Ricky, su hermano, fueron a revisar a la nueva familia. Las tres gatitas estaban durmiendo juntas, recargadas en el pecho de su mamá. De vez en cuando, Maya peinaba a cada gatita pasándole la lengua por la cabeza.

Elena contó los gatitos, uno, dos, tres. Ricky se acercó y los contó de nuevo. El gatito no se veía por ningún lado. Elena se asomó para ver si se

había caído atrás de la canasta de mimbre donde dormían. Lo único que había allí era el viejo ratón con hierba con el que antes jugaba Maya.

Elena miró detrás de las cortinas y caminó alrededor del cuarto buscando entre los libreros y debajo de las sillas. Ricky se arrodilló debajo de la mesa para revisar el rincón más alejado. Los niños vaciaron la caja de juguetes para ver si el gatito se había metido ahí para acurrucarse entre los muñecos de peluche. Pero no había señal de él.

—Ese pequeño travieso —dijo Elena—, debe haberse ido a explorar afuera del cuarto.

—¿Cómo vamos a encontrar algo tan pequeño en nuestra casa tan grande? —se preguntó Ricky.

Decidieron revisar los lugares bajos de la casa, empezando con el clóset para las toallas que estaba en el pasillo. Buscaron en el fondo de las sábanas, esperando encontrarlo dormido en las esponjosas y suaves toallas. Pero no había rastro de él.

Entonces se hincaron para tratar de ver las cosas como si fueran un pequeño gatito curioso que sale a explorar. Ricky observó con cuidado debajo de los tocadores. Se agachó para mover las colchas y mirar debajo de las camas. Elena buscó entre las cajas y los zapatos en el piso del

clóset. Hasta se asomó adentro de las botas de Papá. Pero el gatito no aparecía.

En la cocina, Elena alumbró con una linterna, mientras Ricky miraba abajo del refrigerador y la estufa. Pero el gatito no aparecía.

Después de buscar por casi media hora, se empezaron a preocupar.

—¿Qué tal si se quedó atorado en algún lugar peligroso de donde se puede caer o alguien se pueda sentar encima de él o pisarlo? —gritó Elena.

Pero lo más preocupante era que ya había pasado mucho tiempo desde que el gatito había comido por última vez. Estaban seguros de que tenían que encontrar a ese gatito cuanto antes.

Regresaron y encontraron a Maya muy ocupada limpiando a las tres gatitas restantes. —Parece ser una muy buena mamá, siempre está alimentándolas y cuidándolas. ¿No le preocupará el gatito que falta? —preguntó Ricky.

De repente, Elena tuvo una idea. —A lo mejor no se ha dado cuenta que se le perdió uno.

A Elena se le ocurrió un plan para probar su nueva idea. Una por una, iban a llevarse lejos de Maya a las gatitas para esconderlas hasta que ella se diera cuenta de que le faltaba una. Entonces, quizás, ayudaría a encontrar al gatito perdido.

Primero, Elena le rascó la cabeza a Maya hasta que cerró los ojos y ronroneó. En eso,

Ricky se agachó, tomó una de las gatitas y salió del cuarto. Puso a la gatita en el cesto de la ropa sucia que estaba en el baño y cerró la puerta.

Cuando Ricky regresó al cuarto, Maya estaba parada en la canasta de mimbre. La gata olió a sus dos gatitas y la almohada azul dentro de la canasta. Se dio una vuelta y olió todos los lados de la canasta. Saltó afuera de la canasta con ojos de preocupación. Se paseó alrededor de la canasta y empezó a caminar por el cuarto. Cuando llegó a la puerta, corrió por el pasillo, atravesó el comedor y llegó al estudio con los niños persiguiéndola. Maya se paró en frente del escritorio donde la madre de los chicos estaba trabajando y maulló.

—¿Qué pasa, Maya? —pregunto Mamá.

Maya respondió con un maullido más alto. Entonces oyeron unos débiles chillidos. Todos miraron abajo del escritorio, pero el gatito no estaba ahí. Maya se acercó al cajón de más arriba y volvió a maullar. Otros chillidos hicieron eco atrás de ella. Mamá abrió rápidamente el cajón. En medio de los papeles y los sobres, se estiraba un gatito adormilado. En eso, el gatito pegó un salto afuera del cajón y se acercó a su mamá. La gata recibió al gatito acariciando con la lengua su sonriente carita.

—¿Cómo pudo meterse adentro del cajón? —se preguntaba Elena.

—Un gatito no puede abrir un cajón —dijo Ricky.

—Y yo no lo dejé abierto —dijo Mamá. Entonces vaciló—. Pero, hay un pequeño espacio entre los cajones y la parte de atrás del escritorio. A lo mejor se trepó hasta allí y luego se escurrió adentro de los cajones.

—Eso resuelve uno de los misterios —aclaró Elena— ¿pero cómo le hizo Maya para encontrar al gatito? Se fue directo hasta donde estaba.

—Creo que eso siempre será un misterio —dijo Mamá—. Sin embargo, hoy aprendimos algo: que los gatos, por lo menos la nuestra, sólo saben contar hasta tres.

También por Diane de Anda

The Ice Dove and Other Stories

The Immortal Rooster and Other Stories
Kikirikí / Quiquiriquí